KB275034

문학과지성 시인선 421

래여애반다라

이성복 시집

문학과지성사

문학과지성사에서 펴낸 이성복의 시집

뒹구는 돌은 언제 잠 깨는가(1980)
남해 금산(1986, 개정판 1994)
그 여름의 끝(1990, 개정판 1994)
호랑가시나무의 기억(1993)
정든 유곽에서(1996, 시선집)
아, 입이 없는 것들(2003)
달의 이마에는 물결무늬 자국(2012, 시인선 R)

문학과지성 시인선 421

래여애반다라

초판 1쇄 발행 2013년 1월 11일
초판 11쇄 발행 2024년 7월 17일

지 은 이 이성복
펴 낸 이 이광호
펴 낸 곳 ㈜**문학과지성사**
등록번호 제1993-000098호
주   소 04034 서울 마포구 잔다리로7길 18(서교동 377-20)
전   화 02)338-7224
팩   스 02)323-4180(편집)   02)338-7221(영업)
전자우편 moonji@moonji.com
홈페이지 www.moonji.com

ⓒ 이성복, 2013. Printed in Seoul, Korea

ISBN 978-89-320-2378-6 03810

문학과지성 시인선 421

래여애반다라

이성복

2013

2006년 여름 경주에서 신라 시대 진흙으로 빚은 불상들의 전시가 있었다. 이 전시회의 표제인 '來如哀反多羅'는 신라 향가인 風謠〔功德歌〕의 한 구절로서, '오다, 서럽더라'의 뜻으로 새겨진다. 당치도 않은 일이지만, 이 이두문자를 의역하면 '이곳에 와서, 같아지려 하다가, 슬픔을 맛보고, 맞서 대들다가, 많은 일을 겪고, 비단처럼 펼쳐지다'로 이해되는데, 그 또한 본래의 뜻과 그리 멀지 않은 듯하다. 오래전부터, 여기저기 흩어져 있는 시들을 같은 제목으로 엮어보고 싶은 은밀한 바람이 있었다.

2012년 겨울
이성복

래여애반다라

차례

I

죽지랑을 그리는 노래

그 봄 청도 헐티재 넘어
추어탕 먹으러 갔다가,
차마 아까운 듯이
그가 보여준 지슬못,
그를 닮은 못

멀리서 내젓는
손사래처럼,
멀리서 뒤채는
기저귀처럼
찰바닥거리며 옹알이하던 물결,

반여, 뒷개, 뒷모도
그 뜻 없고 서러운 길 위의
욪말처럼,
비린내 하나 없던 물결,
그 하얀 물나비의 비늘, 비늘들

정선

내 혼은 사북에서 졸고
몸은 황지에서 놀고 있으니
동면 서면 흩어진 들까마귀들아
숨겨둔 외발 가마에 내 혼 태워 오너라

내 혼은 사북에서 잠자고
몸은 황지에서 물장구 치고 있으니
아우라지 강물의 피리 새끼들아
깻묵같이 흩어진 내 몸 건져 오너라

입술

입술을 유리창에 대고 네가 뭐라고
속삭일 때 네 입술의 안쪽을 보았다
은박지에 썰어 놓은 해삼 같은 입술
양잿물에 헹궈 놓은 막창 같은 입술
쓰레기통 속 고양이 탯줄 같은 입술,
이라고 말하려다 나는 또 그만둔다
애인이여, 내 눈엔 축축한 살코기밖에
안 보인다, 내 꿈에 낀 백태 때문에

구름

나는 아버지 구름을
아버지라 하고
아들 구름을 아들이라 한다
내가 아들을 껴안고
입맞추려 하면
비안개 몇 점 옷에 맺힌다
너무 세게 껴안지는 말라시던
아버지 말씀,
어지간히 껴안아선
젖지도 않던 아버지,
아버지 구름의 구름 말씀

식탁

아이들이 한바탕 먹고 떠난
식탁 위에는 찢긴 햄버거 봉지와
우그러진 콜라 패트병과
입 닦고 던져놓은 종이 냅킨들이 있다
그것들은 서로를 모르고
가까이 혹은 조금 멀리 있다

아이들아, 별자리 성성하고
꿈자리 숭숭한 이 세상에서
우리도 그렇게 있다
하지만 우리를 받아들인 세상에서
언젠가 소리 없이 치워질 줄을
한번도 생각해보지 않은 것이다

신문

매일 아침 그녀는 침대에 반쯤 누워
신문을 읽는다 매일 아침 그녀가 모르는
일이 일어나고, 무언가 끔찍한 일이
일어나는데도 그녀가 모른다면 정말
끔찍한 일이기 때문이다 그녀가 아는
누군가 빌딩 옥상에서 뛰어내리거나,
퍽치기를 당해 의식불명이 될 수도
있기 때문이다 그녀도 아는 누군가,
결코 그런 일이 없기를 바라는
그 누군가의 이름이 신문에 안 나기를
간절히 바라기 때문이다 읽고 또 읽은
신문을 밑에서 다시 위로 읽어 올라가며
그녀의 굵은 허리는 점점 아래로 깔리고
콧등까지 내려온 안경이 헐겁게 떨어질 때,
문간에 내놓은 음식 쟁반처럼 그녀의
얼굴 위로 구겨진 신문지가 내려 덮인다

언니들

1

남자인 나에게 언니라는 말은
입구는 훤히 보이는데
좀처럼 들어설 수 없는 성채이다
간혹 다방이나 술집 같은 데서
카운터를 향해 언니, 이리 좀 와봐요!
하기도 하지만 아무래도
성전환 한 사람처럼 께름칙하다
일전에 남자에서 여자로 호적을 바꾼
여배우는 이 말이 무슨 뜻인지
조금은 알 것도 같다

2

나의 처가는 딸만 다섯이고
지금은 장인 장모 내외분

세상 뜨셔서 남은 딸들 허공 중에
버섯구름 성채처럼 떠 있고,
이내 지워지는 비행기구름처럼
나도 잠시 그 곁에 머문다
서럽지도 않은 세월 속에서,
붉은 아이스크림처럼 녹아 흐르는
저이들이 나의 언니들이다

절취선

대개 참석 여부를 알려 달라는
초대장 아래쪽 절취선은 점선이다

박음질 한 것처럼 아예 구멍을
내놓은 것도 있지만,

대개 점선에 자를 대고
찢도록 되어 있다

절취선이 꼭 점선이어야
할 이유는 없을 것이다

그러나 대개 점선인 것은
실선에는 없는 어떤 것이 있기 때문이다

아니면, 실선에는 있는 어떤 것이
없기 때문이다

도로공사 들어가기 전,
늘어선 나무줄기마다 표시해둔
흰 페인트 띠 같은 것

강가

내가 밥 먹으러 다니는
강가 부산집 뒤안에
한참을 늘어지게 자던 개,

다가오는 내 발자국 소리에
깨어나, 먼 데를
보다가 다시 잠든다

그 흐릿한 눈으로
나도 바라본다,

어떤 정신 나간 깨달음처럼
허옇게 펼쳐진
강 건너 비닐하우스를

구멍

아침이라 그렇게 어둡지는 않았는데,
오층 건물 현관 입구 내가 늘 나와
담배를 피우던 곳, 허벅지 높이의
스테인리스 재떨이가 세워져 있어
꽁초를 비벼 끄던 곳, 그날 아침
유달리 어두운 것도 아니었는데, 필터
바로 앞까지 억세게 빨고 남은 담배를
스테인리스 재떨이에 비벼 끄는데,
도무지 꺼지지를 않았다 양 옆으로
돌리고 앞으로 디밀어도 보았지만
어딘가, 어딘가 도무지 닿지 않았다
(까마득한 계단을 헛디디거나, 발 디딘
나뭇가지가 가뭇없이 부러지는 느낌도
그러했으리라) 그날 아침 흐린 눈 씻고
들여다보니, 내가 꽁초를 비벼 끄려 한
곳은 스테인리스 재떨이의 빈 구멍이었다

선생 1

오늘 어느 잡지에서
선생이란 자기 말과 반대로 사는 사람이다,
뭐 그런 구절을 발견하고

그만 하면 나도 참 좋은 선생이구나,
하고 무릎을 쳤다

초겨울 늦은 오후 바람 부는 창가에서
돌아가신 장모님 스웨터로
시린 무릎을 감싸며, 나는 또 생각한다

지금 내 생은 서리 내린 야산
무밭에 겅중겅중 솟은 순무 같구나

그거 한번 뽑으려면
동네 사람 다 달라붙어야 하고,

그게 쑥 뽑혀 나가면

동네 사람들 죄다 엉덩방아 찧으며
멀쩡하게 생긴 게 사람 잡는다고 투덜거리는,

속속들이 바람 든 순무 같구나
이제 내 어리석음은

선생 2

종강하던 날 영문과 여학생이 준
사탕 봉지에 카드가 들어 있었다

선생님께서 그토록 열심히
가르쳐 주셨건만, 형편없는
시만 쓰고 졸업하게 되었군요

그래, 그건 정말 내가
하고 싶은 말이다

좋은 선생님들 밑에서
남부러울 것 없이 공부했지만,
되도 않은 시나 쓰면서
그게 바로 시라고 가르쳐 왔으니

제사 때마다 나 글 잘 쓰게 해달라고
빌던 어머니 보시기에도,
지 애비 신문 났다고 무슨 경사

난 줄 아는 자식 놈들 보기에도

나는 부끄러운 시만 써왔으니,
오래도록 영문과 여학생의 말은
귓가를 떠나지 않는다

선생 3

브래져만 걸친 젊은 부인이
누워 턱받침을 하고,
고혹적인 눈으로 빤히 쳐다보면서
속삭였다 "……천재적인 분!"
아, 한심하다, 한심한 놈!
아침에 시나 뭐 그런 거 좀
써보려고 노트 펴고 침 흘리다
너무 황홀해 깬 꿈, 내 수준,
적성, 취향 등에 딱 알맞는 꿈

II

시에 대한 각서

　고독은 명절 다음 날의 적요한 햇빛, 부서진 연탄
재와 삭은 탱자나무 가시, 고독은 녹슬어 헛도는 나
사못, 거미줄에 남은 나방의 날개, 아파트 담장 아래
천천히 바람 빠지는 테니스 공, 고독은 깊이와 넓이,
크기와 무게가 없지만 크기와 무게, 깊이와 넓이 지
닌 것들 바로 곁에 있다 종이 위에 한 손을 올려놓고
연필로 그리면 남는 공간, 손은 팔과 이어져 있기에,
그림은 닫히지 않는다 고독이 흘러드는 것도 그런 곳
이다

노래에 대한 각서

기억의 남쪽 바다 십자성과 야자수는 노래 속에 있
다 진한 박하향과 망고향 흐르는 노래 하얀 조개껍질
같은 섬들 공벌레처럼 미끄러지는 통나무배들 그 뒤
로, 수시로 끓는 납덩이 같은 노래의 추억은 해저 화
산처럼 폭발한다 진흙을 싸 발라 구운 원숭이 두개골
처럼 이번 생의 붉은 털이 다 빠지고도 남을 노래, 그
러나 노래가 알지 못하는 이번 생의 기억은 시퍼런
강물이 물어뜯는 북녘 다리처럼 발이 시리다

눈에 대한 각서

자벌레가 파먹은 어떤 눈은 옹이 같다 눈물은 빗물
처럼 밖에서 흘러든다 기어코 울려면 못 울 것도 없
지만 고성능 양수기가 필요하리라 혹은 통닭집 광고
전단으로 꼬깃꼬깃 접은 눈 통닭집 전화번호와 가격
표를 때 묻은 망막에 도배한 눈 아무것도 먹어보지
못했지만 마냥 토하고 싶은 눈, 그래도 처음엔 봄밤
의 사과꽃 속으로 지는 달처럼 아름다운 무늬를 지녔
으리라 지금은 딱딱한 딱지 앉은 배꼽 같은 눈, 그리
운 탯줄 대신 빨간 고무호스를 달아줄까

생에 대한 각서

사람 한평생에 칠십 종이 넘는 벌레와 열 마리 이
상의 거미를 삼킨다 한다 나도 떨고 있는 별 하나를
뱃속에 삼켰다 남들이 보면 부리 긴 새가 겁에 질린
무당벌레를 삼켰다 하리라 목 없는 무당개구리를 초
록 물뱀이 삼켰다 하리라 하지만 나는 생쥐같이 노란
어떤 것이 숙변의 뱃속에서 횟배를 앓게 한다 하리라
여러 날 굶은 생쥐가 미끄러운 짬밥통 속에서 엉덩방
아 찧다가 끝내 날개를 얻었다 하리라

죽음에 대한 각서

겨울에 죽은 목단 나무 가지에서 꽃을 꺾었다 끈적
한 씨방이 갈라지고 터져 나온 꽃, 죽은 딸을 흉내 내
는 실성한 엄마처럼 꽃 떨어진 자리도 꽃을 닮았다
여름 꽃을 보지 못했어도 우리는 겨울 꽃이 될 수 있
다 희부옇게 타다 만 배꼽 같은 꽃, 제사상에 올리는
문어 다리 꽃, 철사로 동여매도 아프지는 않을 거다
그 꽃잎 마른 번데기처럼 딱딱하고, 눈비가 씻어간
고름 자국 찾을 수 없다, 죽음이 불타버린 꽃

이별 없는 세대 1

나뭇잎은 푸른 하늘에 떠 있습니다 검은 가지는 죽은 듯이 세워져 있고요 젖가슴이 큰 여자 하나 서쪽으로 떠내려가지만 사랑이 없는 눈으로는 불러 세우지도, 마냥 보내지도 못합니다

혼자 몇 시간을 앉아 있는 날은 내 나라의 땅은 이리 미끄러울까요 생각만으로 일어서면 기어코 넘어질 테지요

보세요, 지금 서 있는 나무 바로 곁으로 다른 나무가 다가가는군요 얇게 움직이는 구름 조각을 따라 어느 각도로든 겹치는 실수는 없네요 아 보세요, 이제는 두 나무 위 하늘이 엎어져 푸른 비 쏟아지는군요

이별 없는 세대 2

당신의 눈자위에 어른거리다가 잔잔한 나무가 되렵니다 바람 부는 들판은 내 앞에 있고 안개 속에서 늙은 여자 목소리가 들립니다

이제부터 나의 몸체는 흔들립니까? 나라의 가난한 변두리를 떠나지 않고 흔들립니까? 어둠을 확인할 만큼 애매한 빛 속에서

당신의 눈자위에 어른거리다가 잔잔한 나무가 되렵니다 순수한 굴절과 不動이 나의 꿈이지만 잠자던 痛覺들은 깨어났습니다

내가 신음하면 당신은 나를 잊어버릴 테지요 큰 소리로 당신이 나를 부르기 전에는, 그러나 입안에 溫氣가 남지 않아요

이별 없는 세대 3

당신이 없어도 난생처음 정적이 있습니다 나무 그늘 아래 내 여윈 아랫도리를 세울까요 소돔에 다녀온 발바닥을 묻어주어야겠습니다

내 살의 바깥에 있는 습도 높은 정적은 언제 또 살이 되었습니까? 고요한 살의 뻘밭을 수놓는 모세혈관을 따라가면, 당신은 나를 만나줄 때까지 거기 있으렵니까?

여보세요! 눈초리 끝에 지평선이 매달려 短調를 울리고, 멋모르는 波動 안에서 더디게 지나가는 사람들이 있습니다 이 느린 걸음들이 푸드덕 날아오를 때까지, 내가 모든 소리를 억눌러 키워야 합니까?

그러나 나무 그늘 안에서 오래 시든 살은 보드랍지 못합니다 반점과 부스럼이 있는, 딱정벌레 등허리 같은 정적이지요 어느 날 당신이 툭 건드려 보아도……

여보세요, 여보세요!…… 당신은 듣고 있습니까? 언젠가 당신을 만나면 당신과 나의 관계를 꼭 물어 보아야겠습니다

이별 없는 세대 4

파란 많은 숨결을 거두고 눈은 심장 어디쯤에 파묻고 서 있을 때, 어디 변함없는 물결이 미끄러져 와 내 몸은 헤엄칩니다 죽은 꽃에게 가야지! 지금 한창 붉은 혀 빼물고 미친 생각들의 불빛이 흔들리고, 곧추 뻗은 다리는 경련합니다 오, 죽음! 시든 꽃받침 위에 다시 나타나는 다른 나라의 古城! 하지만 내가 몸을 너무 많이 움직이면 헤엄이 빨라지고 이끼 긴 성곽이 흔들리지 않을까요? 흔들려, 조금씩 금이 가지나 않을까요?

그림에서 1

푸른 정강이로 머리를 감싼 여인은
굵은 넓적다리로 종아리를 가려도
추위, 자꾸 추워서 마른 수세미처럼
여윈 팔을 발목 아래로 늘어뜨린다
닿지 않는 허방 어딘가에 손을 뻗어,
아직 식지 않은 온기를 더듬는 듯이

그림에서 2

여인의 얼굴은 막 자라나는 새싹을 감싸고 있다

그러니까 눈은 연둣빛 두 장의 떡잎이고
코는 아직 상처받지 않은 여린 줄기,
또 입은 양분을 다 뺏기고 쭈그러진 씨앗

어제도 많이 힘들었겠지만
내일 걱정을 다 쓸어 담을 만큼
두개골의 용적은 충분하다

혹시라도 흐르는 눈물이 덜 덥혀질까 봐
따뜻한 곰보빵, 따뜻한 소똥 같은 머리 타래
뒤짱구 위에 얹어주고 가만히 물어본다

"넌 열이 날 때 밤이 좋니, 낮이 좋니?"

그러면 가스라이터에 그을린 눈썹 없는 눈으로
싫은 표정을 하는,
가루투성이 나방의 번데기 같은 여인

조각에서 1

파충류의 목을 한 저 여인의 얼굴은
구멍 뚫린 엉덩이에서 똘똘 뭉쳤다가
뒤틀리며 뻗어나가 껍질을 깨고 나온
한 장의 떡잎, 말라붙은 음부와 항문이
진흙에 처발리고 요도의 물줄기도
끊어진 지 오래, 육중하고 무식한 저
골반 속에서 눈 뒤집어진 살인범이
가느다란 실팬티를 걸친 마사지 걸을
목 조르고, 말고기처럼 늘어진 시신을
전기톱으로 썰어도, 밖에서는 전동칫솔
돌아가는 소리쯤으로 알았을 것이다

조각에서 2

몇 개의 구멍이 나 있지만 다 가짜다
손가락 집어넣으면 금세 막힌다
그러니까 진짜 구멍을 숨기려는
꼼수였던 것이다 그러나 자세히 보면
부푼 똥배 아래, 수영복 실팬티만 한 음부
한가운데 못에 긁힌 핏자국 같은 구멍은
가짜가 아니다 거기, 막대기 집어넣고
마구 돌리면 파꽃처럼 꽃핀 머릿속
내용물이 마구 요동치며 딸꾹질하고
허파꽈리 터지는 소리를 내지를 것이다
오직 쾌락을 마시고 무명을 배설하는
이 흉물스런 기계를 어찌할 것인가
퍼질러 앉은 유방이 권투장갑 같은
이 기계에 누가 감히 대적할 것인가

앉아 있는 누드

1

예전엔 정말 아무 일 없었던 것처럼
손은 조용히 입술에 가 닿고 배꼽은
잊혀진 이야기처럼 조용하기만 하다

다리 사이 메마른 음부가 떨고 있지만
아주 큰 슬픔은 슬픔으로 느껴지지도
않아서, 실밥처럼 떨어지는 눈길 하나

2

머릿속에서 흘러나온 옅은 구름이
네 가슴과 배를 감싸고 숨죽일 때
네 허벅지는 어두워지고 싶어 한다

머릿속 덜 빠져나온 구름들 사이로

네 눈길이 고단한 일생을 예감할 때
헐벗은 아랫도리는 잠시 경련한다

　　　3

네가 네 얼굴을 잠의 신전에 바쳤을 때
음부는 세워진 허벅지 사이 끼어 있었다
퍼져버린 젖가슴도, 떨구어진 손가락도

수습할 수 없었다 밤이었다는 까닭으로
아, 어쩌면 저렇게 내버려둘 수 있을까,
돼지 껍데기처럼 말라가는 검은 비밀을

움직이는 누드

1

어떤 고요함은 도착 훨씬 뒤지만 또 어떤
고요함은 출발 직전이어서, 이상한 푸른빛
사이로 사뿐히 너는 발꿈치를 들어 올린다

튀어나온 젖가슴은 동요하고 있었을 거다
그러나 아직 네 팔과 다리는 네 생각을 채
짐작하지 못한 듯, 아니면 벌써 잊어버린 듯

2

네가 팔을 뻗어 남자의 씨앗을 던질 때
잠이 덜 깬 허리도, 다리도 따라 나섰다
아직 새벽이었고 빛의 입자들은 쾌락의

재에 묻어 더러워졌다, 흙 묻은 밥알처럼……

공기는 부푼 젖가슴에 눌려 자국이 났고
시든 음부 사이로 벌레들이 기어 나왔다

   3

그냥 물이 아니라 한사코 헤엄치는 물
그냥 땅이 아니라 무작정 기어가는 땅
한 세월 너는 그렇게 오고 있는 것이다

오랜 세월 너는 떠나가고 있는 중이다
눈 오는 오리온좌에서 습한 전갈좌까지
어두운 지층 속에 길을 만드는 것이다

III

시창작연습 1

우리 집 방바닥은
너무 높거나 너무 낮다
너무 높을 때는 아내가 엄마 대신
나를 몹시 때릴 것 같고
너무 낮을 때는 봄 대신 가을이 쳐들어와
내 기쁨 패대기칠 것 같다
나는 우리 집 방바닥이 계단처럼
여러 칸이었으면 좋겠다
첫번째 계단에는 결혼하기 전
알던 여자를 눕히고
그 바로 위 계단에는 그녀가
낳아보지 못한 내 아이를 누이고 싶다
눕기 싫다고 아이가 앙탈하면
내가 대신 기저귀 차고 드러눕고 싶다
아니면, 피로에 지친 암캐미처럼
나 혼자라도 알 까고 싶다
그리고 문득 눈 감으면
그 모든 계단들이 부채살처럼 접혀
아무도 내 생각 들여다보지 말았으면 좋겠다

시창작연습 2

여름날 골프 연습장 나일론 그물 안으로 들어온 여
치는

이제 이슬도 못 마시고 풀잎도 못 뜯어먹을 것이
어서,

바깥으로 날려주려고 그물에 붙은 몸을 떼어내려
해도

꿈쩍도 않고, 한 번 더 힘주자 기다란 다리가 뚝 떨
어졌다

한쪽 다리가 없는 여치는 바깥으로 내보내 주려
해도

몇 번 날갯짓 하다가 시멘트 바닥으로 떨어지고 말
았다

남은 다리를 주머니에 쑤셔 넣고 집에 돌아와 꺼내
보니,

가느다란 종아리는 떨어져 나가고 남은 무릎은 통
통했다

지금 한쪽 다리만 남은 여치는 거미나 개미 밥이
되었거나

나날이 짙어가는 가을볕에 시들어가겠지만, 말린 노란 꽃
사이 끼워 둔 여치 무릎은 철 지난 후회처럼 푸르기만 하다

시창작연습 3

웃으면 눈가에 비닐랩처럼 금이 가는 사람 있었습니다 어릴 때 엄마 없이 오빠들이 업어 키웠다는 사람이었습니다 늦은 밤 모임 끝나면 제일 먼저 뛰어나가 흐트러진 신발 돌려놓아 주는 사람이었습니다 먼 길 운전해 집에 돌아가면 꼭 문자 해주었습니다 선생님, 잘 도착했습니다 오늘 저녁 참 즐거웠지요? 맞은편 아모르 베이커리에도 불이 꺼졌습니다 그 사람, 너무 환한 불빛 속에서는 잘 보이지 않는 사람이었습니다 그 사람, 불 꺼진 뒤에 잠시 남아 있는 사람이었습니다 아주 잠깐 떠올랐다가, 액정화면처럼 지워지는 사람이었습니다

누군가 내게 쓰다 만 편지

1

내가 보지는 못했지만 저건 분명 어떤 손길이 지나
간 거다
슬픔 같은 것이었는데, 고추장 붉은 덩어리가 뭉서
리져 있고
슬픔도 그냥 슬픔이 아니다
저건 내가 손 댄 게 아니라니까
아이가 핥아먹는 솜사탕에도 벌건 선지피 덩어리가
뭉서리져 있고
저건 기억도 아니라니까

2

오늘날 대개 비가 오고 용이 바람을 따라가고
불이 오줌 속에서 트림을 하고 숨소리 속에서 구렁
이가 기어 나오고

오늘날, 대개는 이쯤에서 손을 들고 기어 나오더
라도
꼭 손가락질을 받거나 오빠, 오빠 하면서 뽀뽀를
당하거나, 오늘날

3

오늘은 이승 복이 저승 복으로 진눈깨비 날리는 날
황소 수염과 며느리 발톱과 악어 이빨을 퍼부으며
유년은 지나갔고
당신의 숙제는 저승의 강을 이승의 강으로 한 번
되돌리는 일!

봄밤

1

스승이 떠난 뒤 백 년이 흐르고
어떤 밤에는 강둑을 걸었다
강은 멀고 멀었다
달은 따라오지 않고
나도 달을 따라가지 않았다
달에 오르는 계단은 보이지 않고
내 날개엔 아직 솜털이 돋지 않았다
봄밤에 강둑에서 날갯짓 하면
달은 보지 마라!
스승의 말씀 귀에 쟁쟁하고
내 날개가 기우뚱거릴 때마다
강은 번번이 몸을 뒤챘다
달빛에 몸져눕는 물결이
은비늘처럼 고와도
달은 보지 않기로 했다

2

봄밤에 돌기도 구멍도 없는 강이
구렁이처럼 울었다
우는 강에게 젖을 줄 수 없어,
강의 이마에 오줌을 누었다
쉰을 훨씬 넘긴 내 몸에서
흐린 물이 흘러나왔다
백 년 전 스승의 이마에도
뜨거운 물방울이 튀겼을 것이다
멀리 달의 이마는 젖지 않았다
나는 달의 한가운데 머리를 들이밀었다
내 모가지에 섹스가 느껴졌고,
백 년 전 스승이 달아오른
밥솥처럼 비명을 질렀다
내 연애를 감시하던 스승이
먼저 射精해버리신 것이었다

강둑의 풀들이 진저리 쳤다

　　3

그곳이 강이 끝나는 자리라는 것을
콘크리트 제방에 부딪치고서야
알게 되었다 강은 나를 두고 흘러갔고
나는 강둑을 내려가, 집으로 향하는
버스를 탔다 아직도 달에 계시는 스승이
차창 사이로 언뜻언뜻 나를 보기도 했다
스승이 떠난 뒤 백 년이 흐른 봄밤이었다

비 온 뒤

1

누가 먹다 버린 복숭아 속살
일지도 모른다는 생각에
구둣발 갖다 대니 금세 기울어졌다
비 온 뒤 아카시아 군락
우듬지 아래 희고 붉은 버섯,
머리 하나 간신히 지탱하고 있던 줄기가
힘없이 부러지고 만 것이다
하필이면 물기 많은 복숭아 속살을 닮아
내 구둣발은 너를 건드렸으니,
언젠가 花樣年華의 장만옥을 닮은 사람
오늘 젖은 아카시아 나무 아래 또 너를 만났구나

2

일 년 가고 이 년이 가고

십 년도 더 지난 어느 날
그녀에게선 전화가 오지 않는다
지금 그들 사이의 시간은
섬세한 신경망처럼 이어져 있고,
보이지 않는 양 끝에는
꺼먼 핏자국이 말라붙어 있다
이제 그는 두부를 건져낸
양철통의 멀건 국물처럼
그녀를 기억해야 한다
오는 봄에도 바람은
갓 피어난 보리 모종처럼
유순할 테지만, 장작개비
빠져나간 휑한 부엌처럼
한여름을 견뎌야 한다
비 온 다음 날의 하늘처럼
그녀에게선 전화가 오지 않는다

전어

네 생각나면,
집 나간 며느리도
돌아온다는 가을 전어

남해 비토리에서
손가락 두 개 포갠 크기의
너의 몸 회 뜨는 것을 보았다

네 모가지를 비스듬히 자르는 것은
조금이라도 버려지는 살이 아까워서였다
잘린 모가지엔 검은 피가 묻어 있지만
내장을 훑어낸 뱃대기는 창포묵처럼 투명하였다

인적 없는
바닷가 모텔에서,
입안에 녹아 흐르는 너의 살로
피로한 연애의 여흥을 돋우는 것을
모가지 잘리고서도 너는 생각하지 못했으리라

포크레인

가진 것은 힘밖에 없다고
무쇠 힘줄로 투덜거리는 너는,
찍고 파헤치고 내다꽂는 것만이 능사인 너는
너보다 몇 십 배 무거운 것을 들어 올리다
풍뎅이처럼 발라당 뒤집어지기도 한다
때로 한없이 굼뜬 너의 신중함은
꼬불친 약점에 대한 소심한 경계인가
한번 뒤집어지고 나서도
벌건 낯짝으로 낄낄 흰소리 하며
녹슨 팔뚝 번쩍 쳐드는 너의 긍지는
지금, 어두워가는 공터에 드리워진
네 그림자보다 쓸쓸하다
생각해보라, 언젠가 무덤을 파기 위해
야산 비탈로 기어오른 네가
아름드리 나무를 옆텡이로 치고, 들이받고
그래도 안 넘어지면 턱주가리로 짓이기고,
그때 푸른 가지들이 자지러지며 비명을 질러도
어디 네가 눈길 한번 주었던지……

다시 한번 생각해보라,
또 언젠가 네 성질 네가 못 이겨
돌투성이 냇바닥을 여러 번 찍고, 찍고 파헤쳐
끙끙거리며 건져 올린 것이 고작
벌건 수박물 같은 한 다라이 진흙물이었던 것을,
지금 일몰의 공터 이면 도로에 맥없이
서 있는 너의 완강한 이빨에
동네 아이들이 걸어준 때 묻은 팬티는
때로 우스꽝스러움도 살육의 취미와
슬픔의 토사물 못지않게
끔찍한 네 힘의 일부라는 것을 말해준다

사진

중학교에서 고등학교 갈 때 아버지가 우겨서
딴 이름의 학교로 옮기게 되었습니다
나는 친구들 보기 창피하다고 울었습니다
아버지가 원하던 학교 들어가 처음 교복 입고
노란 교표 달린 모자 쓰고 찍은 내 사진을
아버지는 늘 지갑 속에 넣고 다니셨습니다
점심 값 아끼느라 호떡이나 인절미 사 먹고
그 먼 퇴근길 버스도 안 타고 걸어오시던
아버지는 그토록 내가 자랑스러웠나 봅니다
시험 잘 보고 와도 칭찬 한번 안 하던 아버지,
뭘 좀 잘못하면 눈만 흘기시던 아버지,
정말 내가 잘못한 날에는 자기 종아리 걷고
혁대 풀어, 나보고 때리라고 하였습니다
언제까지 아버지가 지갑 속에 내 사진을
넣고 다니셨는지 모르지만, 올여름이면
아버지 돌아가신 지 십 년, 지금 내 지갑 속엔
이십 년도 더 된 아이들 사진이 있습니다
어느 봄날 아파트 공터에서 첫째는 동생 목을 감고

둘째는 쪼그리고 앉아 소리 지르고 있습니다
지금 녀석들 대학 졸업하고, 군대 갔다 오고
취직도 안 하고 빈둥거리지만, 지갑 속에서
아이들은 언제나처럼 깔깔거리고 있습니다
지금 내가 지갑 속 그 아이들을 바라보듯이,
육십 년대 후반 회사 그만두고 쉬는 동안
아버지는 이따금 내 사진을 들여다보셨겠지요
빳빳한 교복 컬러에 턱을 묻은 그 아이가
언젠가 그의 가난과 실직과 시들한 살림살이를
하루아침에 바꿔주길 바라셨겠지요
평생 울컥, 화내는 취미밖에 없었던 아버지,
돌아가시기 며칠 전에도 경로당 두루마리 휴지를
한 움큼 뜯어 오다 창피당한 아버지였습니다
그리고 나는 유리문 너머 아버지 입관하실 때도,
영정사진 앞세우고 산을 오를 때도
눈물 한 방울 안 흘린 독한 아들이었습니다

뷔히너 문학전집

한 번은 뷔히너가 그렇게 읽고 싶었다 그토록 좋아했던 한 문장, "그는 머리로 걸었다" 뭐 그런 뜻의 문장, 오래전에 나는 머리로 걷는 일을 포기했으니까, 그때부터 나는 정말 텅 빈 머리로 걷게 되었으니까 그러던 어느 날 『뷔히너 문학전집』이 번역되었다는 걸 알고, 학교 서점에 주문했더니 절판이었고, 도서관에 마침 책이 있어 얼마나 기뻤던지…… 구내 복사실에서 복사를 뜨고 원본은 학생들 오면 책 만들어주라고 놓고 왔다 그리고 며칠 뒤 책꽂이를 닦는데, 아 거기 빨간 껍데기의 『뷔히너 문학전집』이 꽂혀 있었다 분명 내가 읽고 밑줄 친 흔적까지 있었으니, 십수 년 전 사놓고 아껴 읽다가 까맣게 잊어버린 것이다 그러던 참에 복사실에서 전화가 와, 저번에 맡긴 책이 다른 책에 휩쓸려 분실되고 말았으니 어쩌면 좋겠느냐고…… 내게 마침 원본이 있으니 그걸로 반납하면 된다고 안심시켜 드렸다 그러니까, 텅 빈 머리로 걷다가 내가 가진 원본을 잃어버린 것이다

두 콧구멍 사이

언젠가 내가 좋아하는 시인이 인터뷰에서, "왼쪽 콧구멍과 오른쪽 콧구멍 사이처럼……" 뭐 그런 말을 한 것 같다 왼쪽 콧구멍에서 바로 들어가면 오른쪽 콧구멍일 테지만, 자칫 지구와 태양계와 첩첩 은하를 둘러 둘러 돌아갈 수도 있을 것이니, 한 밥상에서 떠먹는 찌개도 그 맛이 어떤지 전하기 어렵고, 한 이불 속 살 나누는 부부도 서로의 아린 속살이 맞닿는 느낌을 속속들이 말할 수 없으니, 두 콧구멍 사이보다 가깝다면 가깝고 멀다면 한참을 더 멀 듯, 대체 사내인 나의 쾌감이 상대의 쾌감과 같은지 다른지, 종내 그 일이 궁금한 나머지 어느 날은 잘 아는 여인들한테 물어보았다 "어떻습니까? 혹시 면봉으로 귀 후빌 때 뭐 그런 느낌입니까?" 그네들은 겸연쩍게 웃으면서 고개를 갸웃거렸다 "그런 건 아니고……" 그렇다면 대체 어떤 은유로 통할 수 있을지 마저 물어보지 못했지만, 이건 아예 두 콧구멍 사이가 아니라 따로 파인 두 귓구멍 사이의 일, 끝내 전해지지 못한 느낌들은 오래 묵은 귀지처럼 베갯머리에 쌓일 뿐,

일단 한 구멍으로 들어온 것은 옆 구멍으로 질러 들
어갈 수 없다는 것, 그러니까 처음부터 지구와 태양
계와 첩첩 은하를 둘러 둘러 돌아가는 길밖에 없다는
것이다

아, 정말 얼마나 무서웠을까

냇물 가장자리 빈터에 새끼오리 너댓 마리 엄마 따라 나와 놀고 있었는데, 덤불숲 뒤에서 까치라는 놈 새끼들 낚아채려 달려드니, 어미는 날개 펼쳐 품속으로 거두었다 멋쩍은 듯 까치가 물러나고, 엄마 품 빠져나온 새끼들은 주억거리며 또 장난질이었다 그것도 잠시, 초록 줄무늬 독사가 가는 혀 날름대며 나타나니, 절름발이 시늉하며 어미는 둔덕 아래로 뒷걸음질 쳤다 그 속내 알 리 없는 새끼들 멍하니 바라만 보고, 그때 덤불숲 까치가 다짜고짜 새끼 모가지 하나를 비틀어 물고 갔다 그리고 차례차례 그 가냘픈 모가지를 비틀어 물고 갈 때마다, 남은 새끼들은 정말 푸들, 푸들, 떨고 있었다 아, 얼마나 무서웠을까? 돌아온 어미가 새끼들 부를 때, 덤불숲 까치는 제 새끼 입속에 피 묻은 살점을 뜯어 넣어주고 있었다 아, 저 엄마는 어떻게 살까?

뚝지

1

　울진 앞바다 깊은 바위틈에 바보 물고기 뚝지가 산다 눈도 입도 멍청하게 생긴 수컷이 저만큼 멍청한 암컷의 배를 만지고 쓰다듬고 자꾸 눌러서 희부연 알덩어리가 뭉게뭉게 쏟아지면, 그 위에 수컷은 밀린 오줌 싸듯이 정액을 쏟아 붓는다 엉겁결에 수정이 끝나면 막무가내로 수컷은 암컷을 밀어내고 제 혼자 배를 까뒤집고 끈끈이 주걱 같은 지느러미로 흐느적흐느적 산소를 불어 넣어준다 아무것도 먹지 못하고 마시지 못하고 온몸이 쪼그러들어, 쪼그러진 살갖 빼곡히 꼼지락거리는 기생충이 피를 빨아도 떼어낼 생각도 않고, 삼십 일이나 사십 일 斷腸의 세월이 끝나고 올챙이 꼬리 같은 새끼들이 어리광 부리며 헤엄쳐 나오면 그제야 수컷은 깊은 숨 한번 들이킬 여가도 없이 숨을 거둔다 물론 그 전에라도 배 출출한 무적의 무법자 대왕문어가 수시로 찾아와 육아에 바쁜 수컷을 끌어안고 가는 것이다

2

　때로 수컷 뚝지가 쫓아내도, 쫓아내도 떠나지 않는
암컷 뚝지를 기어코 밀어내는데, 그것이 왜 그렇게 안
떠나려고 버둥거렸는지는, 혼자서 풀이 죽어 떠나가
다가 느닷없이 나타난 대왕문어의 밥이 된 다음에야
알 수 있다 갈가리 찢긴 암컷의 아랫도리엔 미처 다
쏟아내지 못한 알들이 무더기로 남아 있었던 것이다
바보야, 그러면 그렇다고 말이라도 할 거지, 바보야

3

　또 어느 때는 수컷 뚝지가 눈 껌벅거리며 쉬임 없
이 지느러미 놀려 가지런한 알들에게 산소를 불어넣
어 줄 때, 제 짝을 못 구한 암컷 뚝지가 두리번거리며
찾아와 연애 한번 하자고, 한 번만 하자고 졸라대지

만, 수컷은 관심이 없다 아예 쳐다도 보지 않는 수컷
은 막무가내로 암컷을 밀어내지만, 그것이 왜 그토록
집요하게 치근덕거렸던가는 그 또한 대왕문어의 밥이
되어 뱃가죽 터지고 사지가 너덜거려야 알 수 있다
아무도, 아무도 애무해주지 않아 쏟아보지도 못한 알
들이 무더기무더기 깊은 바다를 떠다니고 있었다

4

　뚝지만 잡아먹다가도 영 입맛이 없고 괜시리 성질
더러워지는 날에는 대왕문어 두 마리가 서로를 잡아
먹으려고 덤비다가 두 마리 모두 시체가 되어 바다
밑으로 가라앉는다 죽음이 죽음을 잡아먹으려다 죽어
버린 것이다

IV

빛에게

빛이 안 왔으면 좋았을 텐데
빛은 왔어
균열이 드러났고
균열 속에서 빛은 괴로워했어
저로 인해 드러난 상처가
싫었던 거지
빛은 썩고 농한 것들만
찾아 다녔어
아무도 빛을 묶어둘 수 없고
아무도 그 몸부림 잠재울 수 없었어
지쳐 허기진 빛은
울다 잠든 것들의 눈에 침을 박고,
고여 있던 눈물을 빨아 먹었어
누구라도 대신해
울고 싶었던 거지,
아무도 그 잠 깨워줄 수 없고
아무도 그 목숨
거두어줄 수 없었으니까

언젠가 그 눈물 마르면
빛은 돌아가겠지,
아무도 죽지 않고
다시 태어나지 않는 곳,
그런 곳이 있기나 할까
아무도 태어나지 않고
다시는 죽지 않는 곳,
그런 곳에 빛이 있을까

그녀에게

잘 놀다 가라고 입에 발린 말이라도
했으면 좀 덜 아팠을까 쨍쨍한 하늘에
흰 구름 스쳐가는 것이 마냥 아득하다
싶어도 한숨 곤히 자고 나면 잊힐 줄
알았는데, 미워 한껏 눈 흘기면 순한
눈 껌벅이며 미안해도 할 수 없다는 듯
품안으로 기어들어 밤새 헛소리한다
이처럼 하루 이틀 생짜배기 몸이 아픈
것은 언젠가 내가 저를 몰라봤다는 것,
이젠 저를 달래기도 신물이 나, 덮던
이불 걷어차고 정색을 해도 어쩌든지
한 열흘 쉬어 가겠다는 것, 내 젖은
등에 기대 저 온 길만 바라보며 중얼
거린다: 꽃피는 오월에도 눈이 오려나?

강에게

오직 강처럼 눈먼 강이 중심도 미동도 없이
흘러간다 한때는 이 강가에서 통통한 개구리를
호박잎에 싸서 구워 먹었고 또 한때는 수면에
튀어 오르는 가물치를 작대기로 때려잡은 적도
있지만, 지금 강은 널어놓은 미래의 壽衣처럼
느리게만 흘러간다 당장 걷어내야 할 내장처럼,
역한 냄새 풍기는 땅의 흉곽을 가로질러 간다
지금 강은 어느 바다에서 쓸 祭酒를 퍼 나르고
있는 것일까 까마득한 하늘 너머 갯지렁이처럼,
갯장어처럼 사라지는 강의 신체를 수습하려면
얼마나 긴 끈이 필요할까 그것도 모르는 강은,
거품 번지는 젖통을 들녘 갈대 등속으로 가리며
강은 흐른다, 오직 눈먼 것만이 흐른다는 듯이

하늘에게

푸른 하늘이여, 철없을 때 내가 판 푸른 연못이여,
아직도 그때 물결은 흰 물거품을 일으키지만, 아직
철이 안 든 나는 검은 비닐봉지와 싸우는 반쯤 눈이
가린 삽살개 같구나 예전에 저 하늘을 이고 있던
바위들은 지극한 미륵불의 기다림에 분신 소신의
공양을 우습게 알았지만 지금은 타다 남은 몽당
빗자루만도 못하구나 예전 저 하늘에 똥을 누고
큰 바윗돌로 눌러 놓았던 나도 부러진 이쑤시개만
못하구나 하지만 이대로 늙을 수는 없어 이럴 땐
길 가는 나무를 껴안든, 길 가는 길을 껴안든 고압의
송전탑처럼 발기해 천지의 미물들을 감전시키고 싶
지만
　쪼그라진 龜頭에 처바를 와셀린을 구할 수 없으니
　아, 나는 또 길바닥에 쏟아진 어묵처럼 낙담하는
구나
　하지만 하늘이여, 아직 나는 네가 영 귀찮지는 않아
네 똥꼬 속에 머리 집어넣고 횟배 앓는 네 내장에
간지럼을 먹일 수도 있으니, 지금은 눈구멍 귓구멍

다 열어놓고 뜨거운 입김 불어 넣어주길 기다리는
하늘이여, 철없을 때 내가 잘못 판 푸른 연못이여

나의 아름다운 생

오늘 아침 내 앞에 놓인 생은 소 여물통 같다 이제는
쓸모없이 툇마루에 놓인 그것은 거의 고단한 기억이나
다름없다 미세 먼지가 그림자처럼 내려앉고 거미줄이
얼기설기한 그곳에 일찍이 나의 양식과 노고와 눈물과
회한이 있었다 거기서 나는 목백일홍의 화사한 꿈을
꾸기도 했지만, 꿈은 이제 죽은 목백일홍의 꿈으로만
남아 있다 거기서 문득 성층권에서 귀환한 아내가
아프다거나, 오래 안 신던 신발이 집을 나간다거나……
그럴지라도 천 년도 더 묵은 노환의 아버지는 나와 내
아이들을 몰라보신다 아득하다는 것은, 까마득하다는
것은 이런 것을 두고 하는 말이리라 그냥 텅 빈 것이

아니라 놋주발에 담긴 물처럼 그 속까지 환히 비
치는

생, 그 속에서 참매미가 애타도록 울고 나는 驚氣
하는

아이처럼 부르르 떨며 일어난다 그럴 때 나의 생은
나를

키웠을지도 모를 새엄마처럼 낯설다 그래, 이제나
저제나

기다리는 사람이 없는데도 문득문득 내가 깨어나는
것은

허물어지는 생의 경혈마다 이따금 가느다란 침 같은

것이 꽂히기 때문이다 머지않아 수술해야 할 그 자
리는

눈 까뒤집고 바라보면 돼지의 분홍 음부처럼 곱다,
고와라,

아, 거기 한번 손가락에 침 묻혀 간질어볼까? 고단한
섹스에 은박지처럼 일그러지는 얼굴은 마냥 아름
답다

나의 아름다운 병원

대형병원 유리창에 비친 맞은편 건물의 그림자처럼
이 생은 도무지 떼어낼 수가 없다는 것일까,
푹푹 찌는 주차장 너머 불덩어리 해가 꺼지기 전에
는……
빽빽한 느티나무 속에서 매미가 울고, 소리가 울고,
소리가 죽고, 그 다음엔 넌 또 어떻게 할 건데?
그래, 저기 지아비가 잡은 손을 뿌리치고 여인은
퍽퍽
울면서 중환자실로 달려간다 너무 늦은 것을 향해
달려간다는 것은 저런 것일까? 주사라도 맞았으면,
뿅이라도 맞았으면, 내가 못 맞는다면 생이여, 너
라도
맞았으면…… 생이여, 나는 또 구름카드를 공중
전화
투입구에 넣고 통화를 시도한다 아무도, 아무 데
서도
받지 않는 전화에 건성 말대꾸하며 나는 중얼거린다
중얼, 중얼거리면서 생이여, 굳게 닫힌 네 이빨 사

이로
　붉은 미음을 밀어넣기 위해 안간힘을 쓴다 어여쁘디
　어여쁜 나의 생이여, 어여 어여 뜨거운 물수건 꼭
짜서
　끈끈한 네 이마를 닦아주면 넌 좋아할까? 어여,
어여
　집으로 가라고 재촉하는 너는 그러나 내가 제 자식
임을
　기억하지 못한다 미친 척하고 어머니! 한 번 불러
줄까?
　불러주면 좋아하기나 할까? 붉은 땡볕 아래 뜨거운
팥죽
　쑤어 새알이라도 먹여줄까? 솥 걸고 개 잡아 꺼덕
거리는
　'만년필'이라도 꽂아줄까, 네 입에, 아니면 핏발
선 네 눈에?
　이래저래 생사가 복잡한 나는 지글거리는 아스팔트
위의

어린 다람쥐처럼 이 생의 저변을 콩닥거리며 뛰어
다닌다

極地에서

무언가 안 될 때가 있다

끝없는, 끝도 없는 얼어붙은 호수를
절룩거리며 가는 흰, 흰 북극곰 새끼

그저, 녀석이 뜯어먹는 한두 잎
푸른 잎새가 보고 싶을 때가 있다

소리라도 질러서, 목쉰 소리라도 질러
나를, 나만이라도 깨우고 싶을 때가 있다

얼어붙은 호수의 빙판을 내리찍을
거뭇거뭇한 돌덩어리 하나 없고,

그저, 저 웅크린 흰 북극곰 새끼라도 쫓을
마른 나무 작대기 하나 없고,

얼어붙은 발가락 마디마디가 툭, 툭 부러지는

가도 가도 끝없는 빙판 위로

아까 지나쳤던 흰, 흰 북극곰 새끼가
또다시 저만치 웅크리고 있는 것을 볼 때가 있다

내 몸은, 발걸음은 점점 더 눈에 묻혀 가고
무언가 안 되고 있다

무언가, 무언가 안 되고 있다

절개지에서

굴착기와 트랙터는 멎어 있고
발파음도 들리지 않는 채석장이었는데,

깎아지른 절벽 위 검은 염소들이
거기 있을지도 모를
마른 풀을 뜯는 시늉만 하고 있었는데,

날은 자꾸 어두워지고 발 헛디딘
염소새끼들이 비칠거리는 그 아래,

통짜로 깎아낸 절벽으로 흘러내린
비둘기 똥 같은 돌무늬가, 웃자란
망초 대궁 사이로 어른거리고 있었는데,

아, 검은 염소들은 날이 어두워지기
전에 어서 내려와야 할 텐데,

염소들 풀어놓고 인부들이 떠난

채석장 짜개진 공허가, 거대한
바위산을 거꾸로 세워놓은 듯해서,

나는 자꾸 성마른 가슴을 거기다
비벼대고 있었으니, 이 빠진 주발에
다대기 재듯 비벼 넣고만 있었으니……

협수로에서

우리 와본 예전의 바닷가에서
아내가 아프다고 한다
협수로에 물살이 새어들어
깎여, 쏠려 들어가는 것이 자꾸 멀어진다

저만치, 떠도는 아내의 손이
떠다니는 마분지 조각을 잡는다
헤엄을 못 배운 아내가
헤엄을 못 배운 나에게 자꾸 손을 달라 한다

한참을 열이 나고
식은땀 흐르던 아내가 잠이 들면,
마른 홍합과 건해삼 같은 것이
아직도 방파제 아래 광주리에서 마르는 냄새,

잠든 아내의 손가락 마디마디
바다 안개가 배어 있다
뱃고동 소리도 없이,
손가락 마디마디 하염없이 울고 있다

화장실에서

아저씨, 쉬 하는 데가 어디예요?
변기를 코앞에 두고, 그런 가느다란 소리가 들려
물어보았다

너 몇 살인데?
손가락 다섯 개를 먼저 펴 보이고
아이가 말했다
다섯 살……

(정말, 큰 바퀴벌레 뒤에
엄청, 아주 엄청 작은 바퀴벌레가
기어가는 것을 본 적이 있는가,
본래 새끼들은 그렇게 아주 아주 작아서
다 자란 큰 것들을 부끄럽게 한다)

아저씨, 쉬 하는 데가 어디예요?
변기를 코앞에 두고
바퀴벌레보다 더 작은 인간의 새끼가

눈 똥그랗게 뜨고 또 물었다

갑자기, 노란 작은 오이꽃 속에 묻어 있는
진딧물처럼 내가 부끄러워졌다

유원지에서

둥근 탁자, 비치파라솔 쇠막대가 들어가야 할 자
리에
　사이다 병이 거꾸로 꽂혀 있다 전에 엠시 하던 김
모가
　가수 이 모 양의 그곳에 깨진 소주병을 박아 넣은
것도
　저랬을 것이다 그러니까 마구 쑤셔 헐어 터져 진물
나는
　구멍에 날카로운 구멍 하나 덧쑤셔 넣은 것이다 문
제는
　처박힌 구멍이 게울 것 다 게우고도 좀처럼 주둥
이를
　쳐들 수 없다는 것, 나는 아무래도 저 구멍이 "풀
밭 같은
　너의 가슴에 내 마음은 뛰어놀았지" 하던 이 모
양의
　목소리로 흥얼거리는 것 같다 순한 양 같은 그녀
는 또

어느 풀밭을 헤매며 험한 꼴 당하고 있을까 삼십
년도 더

지난 지금 그녀의 그곳은 마침내 아물어 붙었을까
아무래도

지난 삼십 년은 "이 모 양!" 하고 불렀을 때의 그
떨림

같아서, 눈 비비면 순한 양떼 같은 졸음이 마구 쏟
아진다

청도시편 1

새천년 아침,
통곡처럼 낮은 청도의 산들

부도를 뛰쳐나간
東谷은 구름 위에 국숫집을 열고
雲門은 땅속에서 돼지감자를 캐고 있다

보료 위에
먹은 것 다 토하고 간 그들처럼, 슬픔이여,
오늘 너는 또 못 볼 것을 보고야 만다

이를테면,
안짱다리 네 신나는 곡예에
신명나게 짖어대는 사육장 개들,

개들이 물어뜯는 풍경 사이로
깨밭 매는 노파의 엉덩이가 설핏 묻혀 있다,
깊이, 더 깊이 묻어주려 해도

버둥거리며 자꾸만 삐져나오고……

참 까칠한 슬픔이여,
기어이 안아줄래도
안길 생각 전혀 없는 너는
언제부터 내 것이 勃起하지 않는 줄 알아버렸더냐

금 간 마음속
靑燈이 紅燈을 때리고 심하게 울어도
아직 안심할 이유는 있다

보아라, 이 작은 마을에도
전국 체인의 장례백화점이 들어와 있다

청도시편 2

길 따라 龜頭처럼 숫은 망주석 사이로
초로의 유방처럼 꺼져가는 키위빛 무덤들
어디서 무엇을 하며, 어떻게 살았는지……
이박사 메들리는 여기서도 끝날 줄을 모른다
길 옆 붉은 칸나는 지나가는 덤프트럭과
레미콘 행렬에 일일이 인사하느라 바쁘고
亡魂처럼 떠도는 복숭아 꽃잎, 꽃잎 사이로
우리 업소는 시집 안 간 암퇘지만 고수합니다,
펄럭이는 플래카드 따라 들어가면, 갑자기
너는 고수할 것이 없다 앙앙 깨물고 싶은
식욕은 어느 식육식당 육고기에도 없는 것이다

청도시편 3

청도, 원추리 노란 꽃들 엎어진 길 위로
달려드는 벌레 먹은 감나무 잎들
시속 60Km 국도에는 꽁무니 뒤로 잡힌 채
끌려가는 소형 트럭도 있지만
교미하는 붉은 실잠자리는 머리 위를 떠나지 않는다
고갯마루 휴게소에서 내려다보면
개버짐 같은 농수용 저수지,
이젠 눈 씻고 찾아보아도 지도엔 갈 곳이 없다
마음속 勃起는 꺼지지를 않고……
저기, 절름거리며 허리 굽은 노파가 지나간다
노파의 지팡이를 빼앗아
아직 딴딴하게 부어오른 그것을 후려치고 싶다
이놈은 얼마나 맞아야 제가 주인공이 아님을 알까
하기야 알기는 알지,
알면서도 늘 그 모양, 그 꼬라지
이제는 갈 곳, 쉴 곳 바이 없어
작은 빗살무늬 토끼풀,
그 쬐그만 그늘에라도 들고 싶은데

어쩔까? 어쩔거나,
머릿속 빗물 패인 길 위로
일일이 바퀴자국을 내는 경운기 소리

청도시편 4

현대식 빌라를 방불케 하는 식용개
사육장에는 멀리서 보아도 누런 개,
흰 개, 검은 개들이 쇠창살 너머로
머리를 디밀었다가, 뺏다가, 한 녀석

킹킹거리면 딴 놈들 코러스 하고
또 한 녀석 울부짖으면 딴 놈들
자지러진다, 숨넘어간다, 그러다 곧
적막은 서녘 하늘보다 붉고 푸르고

아까부터 사육장 젊은 내외는 부부
싸움을 하는 듯 언성이 높다 책가방 멘
아이가 돌아오면 남자는 쌍심지 켜며

사료 바케스 들고 사육장 안으로
들어가고, 여자는 수도를 틀어 상추와
파를 다듬는다 어떻든 먹여야 산다

V

시에 대하여

　어느 접도 구역에서나 그렇지만, 경상북도 상주시 화북면은 충청북도 보은군과 가깝다 사람들 말씨도 벌써 충청도고, 지세도 해발 천오백이 넘는 속리산 문장대에 가깝다 그저 행정구역으로 상주시 화북면이고, 아무리 가까이 있어도 충청북도 보은군이 아니다 한 번도 상주시 화북면이 되려 한 적 없고, 되지 않으려 한 적도 없다 시 아닌 모든 것들이 그렇다, 시는 해발 천오백이 넘는 속리산 문장대 어느 절벽에⋯⋯

돌에 대하여

돌은 제 얼굴을 만질 수 없다 아, 얼마나 답답할까 돌은 제 그림자를 숨길 수 없다 아, 얼마나 난처할까 돌은 제 눈물을 삼킬 수 없다 아, 얼마나 서러울까 전에는, 전에는…… 돌은 더듬거린다 여기는, 여기는…… 돌은 두리번거린다 돌은 부딪쳐도 부서진 줄을 모르고, 돌은 으스러져도 제 피를 볼 수 없다.

물에 대하여

맨발로 물은 찾아다닌다 공기가 들어간 자리, 저보다 먼저 공기가 흘러든 자리, 일단 그 속으로 들어가면 공기는 사라지고 아, 숨 막혀! 숨이 막혀 달아난 물은 처마 밑 수세미 끝에 매달리거나, 송아리 송아리 포도알에 맺혀 있거나, 그래도 물은 사라진 공기를 그리워한다 그래도 물은 사라진 공기를 찾아 헤매다닌다 물이 잠시 행복했던 것은 꼭지 돌도록 腹水가 차오른 뱃속에서일까, 하릴없이 덜렁거리는 돼지 불알 속에서일까

나무에 대하여

때로 나무들은 아래로 내려가고 싶을 때가 있을 것이다 나무의 몸통뿐만 아니라 가지도 잎새도 아래로, 아래로 내려가고 싶을 것이다 무슨 부끄러운 일이 있어서가 아니라, 그냥 남의 눈에 띄지 않고 싶을 때가 있을 것이다 왼종일 마냥 서 있는 것이 부담스러울 때가 있을 것이다. 아래로, 아래로 내려가 제 뿌리가 엉켜 있는 곳이 얼마나 어두운지 알고 싶을 때가 있을 것이다 몸통과 가지와 잎새를 고스란히 제 뿌리 밑에 묻어 두고, 언젠가 두고 온 하늘 아래 다시 서 보고 싶을 때가 있을 것이다

어둠에 대하여

어두워지면서 사물들은 등과 어깨를 세우고 밝을 때 하지 못했던 이야기를 꺼내기 시작한다 너네들은 잘 모르겠지만 자기는 이러하고, 어쩌다가 또 어쩌든지 이러이러하다고 속삭이는 것이다 하나가 이야기하면 다른 것들은 입을 닫고, 그 이야기 끝나야 제 이야기를 시작한다 그러나 어떤 이야기는 미처 꺼내기도 전에 어두워지기 시작하고, 못다 한 이야기는 부채의 주름살처럼 접혀진다 아주 어두워지기 전에 잠깐, 사물들이 견디기 힘들어 보이는 것은 덜 접힌 이야기들이 다시 펴지려 하기 때문이다 그때 우리의 어두운 미간도 잠시 경련한다

연에 대하여

처음엔 바람을 마주하고 뛰다가 연이 바람을 타면
조금씩 실을 풀어주지요 신문지 찢어 붙인 꼬리 흔들
며 대나무 살을 붙인 태극무늬 방패연이 솟아오르면,
갈라터진 아이의 손에는 일렁이는 실의 느낌만 전해
오지요 마침내 실감개의 실이 다 풀리고 까마득한 하
늘 높이 까박까박 조는 연에서 흘러내린 실은 제 무
게 이기지 못해 무너지듯 휘어지지요 그 한심하고 가
슴 미어지는 線은 그러나, 참 한심하고 가슴 미어진
다는 기색도 없이 아래로, 아래로만 흘러내리고, 그
때부터 울렁거리는 가슴엔 지워지지 않는 기울기 하
나 남게 되지요 남자든 여자든, 어른이든 아이든 누
구나 가졌지만 의지가지없는 이들에겐 더욱 뚜렷한
線, 언젠가 우리 세상 떠날 때 두고 가야 할 기울기,
왜냐하면 그것은 온전히 이 세상 것이니까요

소멸에 대하여 1

거실 화장실 수건은 늘 아내가 갈아 두는데
그 중에는 근래 직장에서 받은 입생 로랑이나
랑세티 같은 외국물 먹은 것들도 있지만,
1983년 상주녹동서원 중수 기념수건이나
(그때 아버지는 도포에 유건 쓰고 가셨을 거다)
1987년 강서구 청소년위원회 기념수건도 있다
(당시 장인어른은 강서구청 총무국장이셨다)
근래 받은 수건들이야 올이 도톰하고 기품 있는
때깔도 여전하지만, 씨실과 날실만 남은 예전
수건들은 오래 빨아 입은 내의처럼 속이 비친다
하지만 수건! 그거 정말 무시 못할 것이더라
1999년, 당뇨에 고혈압 앓던 우리 장인 일 년을
못 끌고 돌아가시고, 2005년 우리 아버지도
골절상 입고 삭아 가시다가 입안이 피투성이
되어 돌아가셨어도, 그분들이 받아온 옛날
수건은 앞으로도 몇 넌이나 세면대 거울 옆에
내걸릴 것이고, 언젠가 우리 세상 떠난 다음날
냄새 나는 이부자리와 속옷가지랑 둘둘

말아 쓰레기장 헌옷함에 뭉쳐 넣을 것이니,
수건! 그거 맨정신으로는 무시 못할 것이더라
어느 날 아침 변기에 앉아 바라보면, 억지로
찢어발기거나 태워 버리지 않으면 사라지지도 않을
낡은 수건 하나가 제 태어난 날을 기억하기
위해서가 아니라, 이제나 저제나 우리 숨 끊어질
날을 지켜보기 위해 저러고 있다는 생각이 든다

소멸에 대하여 2

결혼한 지 한참 뒤에도, 아니 쉰 넘어서도
비누를 쓰다가 얇아지면 버릴 수도 없어,
부서진 것들 뭉쳐 비누질 하다가, 그것들
바스라져 세면대 배수구가 막히기도 하고,
그러면 손가락 쑤셔 파내기도 했지만, 이제
닳아빠진 비누를 새 비누에 부쳐 쓰게 되었다
지금까지 나의 발명 중에 이보다 신기한 것은
없었으리라 알뜰하기야 이보다 더한 살림살이도
없지 않았겠지만, 비누가 맛본 소멸보다 더한
소멸은 없었으니, 無餘涅槃도 이보다 더 찌끼
없었으리라 또한 지금까지 내 삶에서 이보다 더
보람 있는 수행은 없었으니, 원한도 회한도 없이
있지도 않은 無를 없애려 하지도 않았던 것이다
하기야 지독하게 장난스럽기로는 천지신명보다
설마 내가 더했겠는가 환갑을 코앞에 둔 내가
작은 비누조각처럼 내 아들의 등때기 위에서 나날이
사라져간다 한들, 암 두꺼비 등을 타고 할딱거리며
교미하는 멍청한 수놈과 무엇이 얼마만큼 다를까

남지장사 1

우록에는 십 년 전 와보았지만
그때는 염소탕과 수육을 먹기 위해서였다
근래 우리 학생 하나가 그곳에 집을 짓고 산다기에,
한나절 놀다가 뒷산 기슭 남지장사까지 가보았다
아름드리 송림이 길길이 뻗어 있고
송림 끝나는 곳에서는 이깔나무 군락이 이어져
눈 코 귀 입, 옷에도 나무향이 묻어나
뭐 이런 데가 다 있나, 감탄하다가
소방도로 한켠에 멍투성이 뿌리를 드러내고
줄기와 가지를 부채표 활명수처럼 펼친
떡갈나무 하나를 보았다 오래된 둥치는 제멋대로 썩어
싯누런 속내를 툭툭 불거진 제 뿌리 위에 흘어 두고
나무는 이게 해방 전인지, 새천년 다음인지 모른 채
낮인 듯 밤인 듯 미동도 없이 서 있었다
그 넓고 푸른 그늘 아래 오래 서성거리다가
근래 들어 좀체로 강퍅해져, 가까운 이름들
하나하나 살생부에 올려놓고 지워나가던 나는

가만히 속으로 약조하였다 지금은 내가 이 나무를
내 안으로 들여와 성가신 일, 열 받는 일, 낙담하
는 일
모두 그 뿌리 위에 부려 두고, 내 몸이 다하는 날
재를 거두어 그 뿌리 밑에 묻어주면
나무와 나는 하나 되리라고, 그러면 나도 없고
나무도 없고, 짙푸른 그늘만 남게 되리라고……
남지장사 깊은 숲에서 낙조가 아름다운
저녁에 잠시 해본 다짐이었다, 그때는
나무가 얼마나 섬찟했을까, 생각도 못하고서

남지장사 2

우록 마을 다음에는 백록 마을이 있고
백록 마을 끝나는 곳에서 옆으로 돌아가면
남지장사가 있다 본래 이 절은 신라 때
창건되어 임진왜란 때 불탔다 하나,
원효나 의상이 지었다는 소문 없으니
그들도 딴 절 짓느라 정신이 없었나 보다
어떤 사람 말로는 이곳 최정산 남지장사는
팔공산 동화사의 말사인 북지장사와 짝을
이룬다 하고, 한때 그의 부친이 북지장사
신도회장이었다 하니, 그도 남지장사와는
사돈척이 되는 셈이지만, 비록 제 짝지가
몇 십 리 밖에 있다 하여도 붉으락푸르락
화장으로 떡칠한 남지장사는 좀 외롭고
쓸쓸해 보인다 일찍이 제 스스로 남쪽으로
내려온 적 없어도 그냥 지장사는 될 수 없고,
북쪽 어딘가에 제 배필이 있다는 풍문이
있어도 천 년 만 년 찾아갈 도리 없으니
봄안개 가을비에 홀로 늙어가다가, 덜 꺼진

담뱃불에도 속수무책 불타버리는 것이다
따지고 보면 이 절이 여러 번 중건된 것도
그 속절없는 사연을 어쩌든지 복원하려는
것이니, 누구나 한 번쯤 찾아와 두고두고
가슴 아파해야 할 일이다 더욱이 절 앞에
흐르는 샘물은 기막히게 맛이 좋아, 어떤
갓난애는 그 물로 분유를 안 타주면 젖병을
내던진다 하니, 언젠가 靑苔 낀 샘가에서
그 물을 곱씹으며 아, 생각하면 생각사록
죄 많은 한 청춘이 잊혀지지 않을까 싶다

북지장사 느티나무식당 1

나는 아직 북지장사에는 가보지 않았지만
북지장사 아래 차도 건너, 또 다리 건너
느티나무식당 둘째 딸을 아는데, 내가 서른이
다 된 그 아이의 학교 선생이기 때문이다
느티나무식당에는 효동이라는 순한 암캐가
살고 있는데, 북지장사 노스님이 기르던
차돌이라는 수캐가 효동이를 알고부터
날이면 날마다 오 리도 넘는 산길을 내려와
전속력으로 오가는 차들을 피해 길을 건너고,
또 다리를 건너 느티나무식당에 찾아오더니
어느 날은 아예 절로 돌아갈 생각도 않아
북지장사 상좌스님이 차돌이 찾아 내려오기도
하고, 그러면 식당 안주인은 아이고, 사돈
오셨습니까! 하며 그 집 주 메뉴인 오리고기도
듬뿍 썰어 보내기도 하였다는데, 그해 가을부터
배가 불러오던 효동이가 기어이 제 애비를 쏙
빼닮은 새끼를 낳자 식당 안주인은 외동이라는
이름을 붙여주었더란다 일전에, 느티나무식당에

들러 물어봤더니, 젖 뗀 지 며칠 안 된 외동이는
산 너머 과수원집에 주었다 하고, 또 그렇게
뻔질나게 찾아오던 차돌이도 요즘은 도통 산을
내려오지 않는다 하니, 이따금 손님 차 들어올
때마다 한 번씩 짖는 효동이의 마른 울음 속에는
텅 빈 개집의 적막 같은 것이 어른거리기도 하였다

북지장사 느티나무식당 2

이건 또 북지장사와는 상관없는 느티나무식당
이야기인데, 어느 해 근처 오리농장에서 키우던
토끼 한 쌍을 가져가라 해서, 채마밭 옆에 철근을
박고 비닐을 둘러 집을 지어 주었더란다 머구든
돌미나리든 잘도 먹어치우던 토끼 부부는 핸드폰
마스코트 같은 새끼를 일곱 마리나 낳고, 그 작은
입으로 핥고 깨물고 이뻐서 난리더니, 어느 날은
한밤중에 땅굴을 파고 집단탈출을 했다고 한다
마침내 산으로 돌아간 토끼 일가는 새끼가 또
새끼를 낳고 이른바 피보나치 수열로 불어나
기슭의 콩밭, 상추밭, 마늘밭을 쑥밭으로 만들고
견디다 못한 사람들이 덫을 놓고 올무를 놓아도
좀처럼 잡을 수가 없었다고 한다 지난 일요일
아내와 함께 느티나무식당에 들렀더니 토끼가
살던 비닐집은 예전 그대로고, 몇 년이 지나도
먼지 앉은 토끼똥은 여전히 정갈했지만, 토끼
그림자도 없는 야산엔 새잎 돋아난 콩밭이 푸르고,
먼 산 뻐꾸기도 가끔은 울면서 지나갔다 가끔은,

견고한 울타리 넘어 돌아오지 않는 것이 토끼
일가만 아니어서, 몇 해 전 해일이 들이닥쳐 바다로
돌아간 횟집 수족관의 도다리들이 생각나기도 했다

VI

오다, 서럽더라 1

그날 밤 동산병원 응급실에서
산소 호흡기를 달고 헐떡거리던 청년의
내려진 팬티에서 검은 고추, 물건, 성기!
이십 분쯤 지나서 그는 숨을 거뒀다
그리고 삼십 년이 지난 오늘 밤에도
그의 검은 고추는 아직 내 생속을 후벼 판다
못다 찌른 하늘과 지독히 매운 성욕과 함께

오다, 서럽더라 2

장지로 가는 길
고속도로 휴게소에서
친척 친지들 화장실 들렀다가
통감자와 구운 오징어
그런 것 먹으며 서성거릴 때,
장의용 캐딜락에 타고 있던 큰 아이도
장모님 영정을 두고 나왔다
녀석을 교대해줄 생각도
못했던 나는 마구 나무랐다,
네가 어떻게 할머니를
혼자 두고 왔느냐고!
봄날 득실대는 꽃놀이 인파에
할머니는 혼자 버려져 계실 텐데,
네가 어떻게 할머니를 그냥 두고
나올 수 있느냐고, 마구 야단을 쳤다

오다, 서럽더라 3

일 년도 넘게
누워 계시던 병실에서
장인이 쓰던 전동 면도기를
돌아가신 후 내가 쓰겠다고
사무실에 갖다놓고,
또 일 년인가 이 년 뒤
마침 수염 깎을 일이 있어
그 속을 열어보니, 고운
살비듬과 털가루가 남아 있었다
조붓한 면도솔로 털어내고
수돗물로 여러 번 부셔보아도
살비듬과 털가루는 없어지지 않아
별생각 없이, 쓰레기통에
던져 넣고 말았다
아내한테는 말 안 했지만,
그렇게 일 년인가, 이 년
그분은 내 사무실 서랍
속에 남아 계셨던 것이다

오다, 서럽더라 4

십 년도 넘은 일이다
어릴 때 살던 고향 뒷산으로
고속도로가 나는 바람에
할머니 산소를 옮겨야 했는데,
그 밑에서 장군 무덤이 나왔다
한 떼의 문화재 연구원들이
모종삽으로 긁고 붓질하고
녹슨 장검과 청동 신발과 바스라진
투구를 찾아냈다 그러니까
우리 할머니는 장군 무덤 위에
누워 계셨던 것이니, 고속도로가
아니었다면 생각도 못 할 일이었다
지금은 그 장군 누구신지 밝혀지고
그 많은 유물들 박물관에 전시될지라도,
그곳을 찾을 때마다 나는 영문도
모르고 죄 지은 우리 할머니가
가엾기도 하고, 긴 세월 할머니 밑에서
고생하셨을 장군께 미안하기도 하고,

또 그런 미안함 밑에는 어떤 생판
짐작도 못할 미안함이
파묻혀 있을지 아득하기만 하다
하기야 날마다 떠오르는 해가
그곳의 나무와 물안개를 알 것이며,
날마다 지는 해를 나무와
물안개가 무슨 수로 알았겠는가

來如哀反多羅 1

추억의 생매장이 있었겠구나
저 나무가 저리도 푸르른 것은,
지금 저 나무의 푸른 잎이
게거품처럼 흘러내리는 것은
추억의 아가리도 울컥울컥
게워 올릴 때가 있다는 것!
아, 푸르게 살아 돌아왔구나,
허옇게 삭은 새끼줄 목에 감고
버팀대에 기대 선 저 나무는
제 뱃속이 온통 콘크리트 굳은
반죽 덩어리라는 것도 모르고

來如哀反多羅 2

바람의 어떤 딸들은
밤의 숯불 위에서 춤추고
오늘 밤 나의 숙제는
바람이 온 길을 돌아가는 것
돌아가면 볼 수 있을까,
바람의 어떤 딸들이
신음하는 어미의 자궁을 열고
피 묻은 나를 번쩍 들어 올릴 때
또 다른 딸들이 깔깔거리며
빛바랜 수의를 마름질하는 것
보다가, 보다가 어미의 삭은
탯줄 끌고 돌아올 수 있을까,
언젠가 내가 죽고 없는 세상으로

來如哀反多羅 3

이 순간은 남의 순간이었던가
봄바람은 낡은 베니어판
덜 빠진 못에 걸려 있기도 하고
깊은 숨 들여 마시고 불어도
고운 먼지는 날아가지 않는다
깨우지 마라, 고운 잠
눈 감으면 벌건 살코기와
오돌토돌한 간처넙을 먹고 싶은 날들
깨우지 마라, 고운 잠, 아무래도
나는 남의 순간을 사는 것만 같다

來如哀反多羅 4

나는 사랑하지 않을 것이기에
내 삶에 숫기 없기를,
나는 이미 뿔을 가졌으므로
내 삶에 발톱 없기를!
눈 대신 쇠꼬챙이를 가졌으므로
내 눈에 물기 없기를!
지금 내 손에 감긴 때 묻은 붕대,
언제 나는 다친 적이 있었던가
지금 내 머릿속 여자들은
립스틱 짙게 처바른 양떼들인가
해묵은 상처는 구더기들의 집,
물 많은 과일들은 물이 운 것이다

來如哀反多羅 5

초록을 향해 걸어간다
내 어머니 초록,
초록 어머니

가다가 심심하면
돼지 오줌보를 공중으로 차올린다,
하늘의 가장 간지러운 곳을
향해 축포 쏘기

그리고 또 가시나무에
주저앉아 생각한다,
사랑이 눈이었으면 애초에
감아버리거나 뽑아버렸을 것을!

삶이여, 네가 기어코
내 원수라면 인사라도 해라,
나는 결코 너에게
해코지하지 않으리라

來如哀反多羅 6

헤아릴 수 없는 곳에서
무엇을 헤아리는지 모르면서

끓는 납물 같은 웃음을
눈 속에 감추고서

한낮 땡볕 아스팔트 위를
뿔 없는 소처럼 걸으며

또 길에서 너를 닮은 구름을 주웠다
네가 잃어버린 게 아닌 줄 알면서

생각해보라,
우리가 어떤 누구인지,

어디서 헤어져서,
어쨌길래 다시 못 만나는지를

來如哀反多羅 7

불어오게 두어라
이 바람도,
이 바람의 바람기도

지금 네 입술에
내 입술이 닿으면
옥잠화가 꽃을 꺼낼까

하지만 우리
이렇게만 가자,
잡은 손에서 송사리떼가 잠들 때까지

보아라,
우리 손이 저녁을 건너간다
발 헛디딘 노을이 비명을 질러도

보아라,
네 손이 내 손을 업고 간다

죽은 거미 입에 문 개미가 집 찾아 간다

오늘이 어제라도 좋은 날,
걸으며 꾸는 꿈은
壽衣처럼 찢어진다

來如哀反多羅 8

내게로 왔던 것은
사랑이 아닐지 모른다
피에로 파올로 파솔리니,
오늘 같이 자주지 못해 미안해요

피에로 파올로 파솔리니,
교황은 자주감자 꽃 옷을 찢고
개들은 묵주반지 돌리듯 이를 간다

피에로 파올로 파솔리니,
그대의 愛液을 맨머리로 받으면
내 이마에 돗자리 자국이 생겨난다

피에로 파올로 파솔리니,
죽음은 내 성기 끝에서 피어날지라도
그대의 음부는 흰 백합을 닮을 것!

來如哀反多羅 9

검은 장구벌레 입속으로 들어가는
고운 입자처럼
생은 오래 나를 길렀네

그리고 겨울이 왔네

허옇고 퍼석퍼석한 얼음짱,
막대기로 밀어 넣으면
다른 한쪽은 버둥거리며 떠오르고,

좀처럼 身熱은 가라앉지 않았네

아무리 힘줘도
닫히지 않는 바지 자크처럼
無聲의 아우성을 닮았구나, 나의 생이여

애초에 너는 잘못 끼워진 것이었나?

마수다, 마수! 첫 손님 돈 받고
퉤퉤 침을 뱉는 국숫집 아낙처럼,
갑자기 장난기 가득한 눈으로
나를 바라보는 생이여

어떻든 봄은 또 올 것이다

기파랑을 기리는 노래

언젠가 그가 말했다, 어렵고 막막하던 시절
나무를 바라보는 것은 큰 위안이었다고
(그것은 비정규직의 늦은 밤 무거운
가방으로 걸어 나오던 길 끝의 느티나무였을까)

그는 한 번도 우리 사이에 자신이
있다는 것을 내색하지 않았다
우연히 그를 보기 전엔 그가 있는 줄 몰랐다
(어두운 실내에서 문득 커텐을 걷으면
거기, 한 그루 나무가 있듯이)

그는 누구에게도, 그 자신에게조차
짐이 되지 않았다
(나무가 저를 구박하거나
제 곁의 다른 나무를 경멸하지 않듯이)

도저히, 부탁하기 어려운 일을
부탁하러 갔을 때

그의 잎새는 또 잔잔히 떨리며 속삭였다
—아니 그건 제가 할 일이지요

어쩌면 그는 나무 얘기를 들려주러
우리에게 온 나무인지도 모른다
아니면, 나무 얘기를 들으러 갔다가 나무가 된 사람
(그것은 우리의 섣부른 짐작일 테지만
나무들 사이에는 공공연한 비밀)

오다, 서럽더라―진실에 닿은 아름다움

홍 경 님

1. 무사히 지내십니까? 아니오, 무사하기 싫어요

> "〔……〕 용케 여태까지 무사히 지내오셨소."
> "예, 그럭저럭 어쨌든 무사히 지내왔습니다."
> 〔……〕
> 그리고 그 마음 또한 그 얼굴처럼 주름이 접혀 파삭파삭 메말라
> 있지 않을까, 하고도 생각한다.
> ―나쓰메 소세키,『유리문 안에서』에서

일요일 오후, 불꽃이 튈 정도로 단단한 옹이가 박힌 잣
나무를 끌질하다 칼도 부러지고 손도 팅팅 부어, 바닥까지
기진한 채 그대로 쓰러져 잠이 들었다가 기묘한 꿈을 꾸었
습니다.

습하지 않고 하늘은 높은, 상쾌한 여름날의 어촌, 저는
버스를 타기 위해 정류장 쪽으로 걷고 있습니다. 목련이

길을 따라 가득 피어 있습니다. 여름인데, 참으로 신기하구나, 목련이 아직도 있다니, 하며 바라보는데, 그것들이 모두 검은 목련들이란 걸 그제야 알게 되는 겁니다. 먹물에 담갔다 빼낸 것 같은 맑은 검은색이었지만 생기라고는 조금도 느껴지지 않는 그 꽃들은, 만지면 바삭거릴 듯이 얇고 가볍게 바싹 말라 있었습니다. 문득 깨달았지요. 나, 지금 저승 앞에 서 있구나. 아아, 여기가 저승 가는 물갓 길이구나.

그러나 풍경은 몹시도 아름답고 바람은 한없이 청량해서, 저는 나른하게 눈을 감았습니다. 좋구나. 이대로 저편으로 가버리는 것도 괜찮겠구나. 그렇게 검은 목련 아래에서 '저편'으로 가는 버스를 기다리고 있는데, 부우우우 하고 어딘가 풍경 밖에서 진동이 울렸습니다. 잠에 취해 움직이지 못하고 있는데 한 번 더 부우우우, 버스는 여전히 오지 않고, 출구가 없는 겹겹의 꿈, 부우우우 세번째 진동에서야 저는 간신히 꿈에서 빠져나와 전화기 쪽으로 팔을 뻗습니다.

선생님은 그렇게 그 오후의 전화로, 꽤 먼 정류장에 앉아 있던 저를 데려오셨습니다. 그리고, 순식간에 저편에서 이편으로 돌아와버린 아쉬움이 못내 남아 있는 저에게 참으로 아무렇지 않게 깊은 물이 출렁이는 시 원고 뭉치를 보내시곤, 평소 조각하고 글 쓰듯 그냥 그렇게 발문을 쓰세요, 하십니다. 아이고, 제가 어찌, 전화기를 들고 화들짝 손사래를 치면서도 무엇보다 '시인 이성복의 십 년 만의 시집'이 당장 읽고 싶었던 저는 덥석 컴퓨터를 켜고 파일부터 열어버립니다. 갑자기 날아온 이 무겁고도 무서운 임무는 나중에 생각하자, 하면서요. 시를 찬찬히 읽고 있는데 허허, 아까의 검은 목련 마을이 다시 눈앞에 있는 겁니다. 무릎 밑으로 천천히 가라앉는 목련향. 분명 조금 전 거기서 저를 불러낸 건 선생님의 전화인데, 선생님의 시는 다시 저를 그쪽 마을로 보내고 있었습니다. 그제야 이 기묘한 백일몽을 왜 꾸었는지 알았습니다. 그랬구나. 내가 할 수 있는 일은 오래된 목련 아래에 '시와 함께 앉아 있는 것'이었구나. 그렇게 저는 여든두 편의 시와 함께 미소 짓고 어깨 토닥이고 한숨 쉬고 손 잡아주고 눈물 글썽이고 쓸쓸해하고 다시 미소 짓기를 반복하며 오랫동안 앉아 있었습니다.

그리고, 나쓰메 소세키 식으로 스스로에게 물었습니다. 무사히 지내십니까?

2. 당신이 없어도 난생처음 정적이 있습니다

당신이 없어도 난생처음 정적이 있습니다 나무 그
늘 아래 내 여윈 아랫도리를 세울까요 소돔에 다녀온

최근 몇 년의 선생님을 생각하면 소세키의 다음 문장이 떠오르곤 했었습니다. "용케 여태까지 무사히 지내오셨소./예, 그럭저럭 어쨌든 무사히 지내왔습니다./(그러나) 그 마음 또한 그 얼굴처럼 주름이 접혀 파삭파삭 메말라 있지 않을까, 하고도 생각한다"(『유리문 안에서』, 김정숙 옮김, 민음사, pp. 100, 149). 소세키는 '무사(無事)하다' 는 말을 '감정의 파란'〔情事〕의 반대 의미로 쓰고 있습니다. 더 이상의 출렁임을 거부하는 우리의 무사함 속에 어쩌면 조용히 착착 접혀 있을 파삭해진 마음. 지난 몇 년 저는, 선생님은 감정의 파란을 접고 거의 도인(道人)이 돼가고 계시구나, 그새 오백 년쯤 세월을 흘려 보내셨구나, 그렇게 생각했었습니다. 여름 내내 활활 타오르곤 새빨갛게 발밑을 덮은 백일홍처럼 젊은 날을 스스로 끝낸 이후, 백 년 이백 년쯤 이제 가볍게 흘려보내고 구름처럼 도류에 한 발을 얹고 계시구나, 그렇게 생각했었습니다. 나는 무사합니다, 선생님은 그렇게 벙긋 웃으시는 것 같았거든요.

3. 그냥 물이 아니라 한사코 헤엄치는 물

그냥 물이 아니라 한사코 헤엄치는 물

　문학이 방황을 만들어주던 젊은 날의 경험들을 기억합니다. 읽고 나면 얼마간 어쩔 줄 몰라 하염없이 서 있거나, 허천난 속으로 전화기를 만지작거리거나, 심장이 두근거려 무거운 숨을 곱쉬고, 일상으로 곧장 복귀하지 못해 오래도록 바람 부는 거리를 걷게 되는, 읽고 나면 그렇게 되는 작품들 말입니다. 그런 문학 체험은 점점 사라져가지만 그건 제가 무심히 나이를 먹어가는 것만큼 쓰는 이들의 가슴도 달라졌나 보다고 생각하고 있습니다. 그들에게 덧씌워졌던 어지러운 귀신이 사라졌나 보다, 라고요.

　저의 젊은 날을 떠올리면 그 중심엔 언제나 신림9동 녹두거리의 봄이 있습니다. 칸칸의 방마다 밀폐된 눅눅한 젊음, 최루탄 냄새, 관념적인 절망. 그걸 모두 상쇄하는 것은 집집마다 한 그루씩 유난스럽게 폭발하는 목련이었어요. 제 자취방의 창밖에도 커다란 목련이 있어서, 방에 조용히 앉아 있으면 그 무거운 꽃잎이 투욱툭, 바닥으로 떨어지는 소리가 들리곤 했습니다. 목련이 진다는 것만으로도 방황할 핑계는 충분했던 그 시절의 중심엔 선생님의 시가 있었습니다. 다른 많은 시도 모두 소중했지만, 선생님의 시는 물리적으로 심장이 옥죄어 가슴에 손을 얹고 거리를 방황하게 만드는, 제게는 귀신 들린 시, (목련과 더불어) 각별한 봄날의 각인이었습니다.

그런데 이상하죠, 세월이 오백 년 흐르고 선생님은 무사한 도인이 되셨(다고 생각했)는데, 십 년 만의 시, 선생님의 일곱번째 시집을 읽으면서 오래전『뒹구는 돌은 언제 잠 깨는가』와『남해 금산』을 읽을 때처럼 아파서, 오랜만에 많이 방황했습니다. 해안에 떠밀려온 고래처럼 무거운 날숨을 내쉬면서요. 아니, 아예 이오네스코의 희곡에서 그러하듯 "자, 이제 숨 쉬는 것도 잊으세요"(「왕은 죽다」)라고 누가 옆에 서서 말하는 기분이었습니다.

4. 오다, 많이 서럽더라

향가「풍요(風謠)」(「공덕가(功德歌)」)의 한 구절인 '래여애반다라(來如哀反多羅)'는 '오다, 서럽더라'라고 풀이됩니다. 신라 백성들이 불상을 빚기 위한 흙을 나르면서, 그 공덕으로 세상살이의 서러움을 위안하는 내용이라 알려진 저 오래된 노래. 선생님은 '공덕'이 아닌, '서러움'에 방점을 두고 '래여애반다라(來如哀反多羅)'라는 여섯 글자의 의미를 각각 따로 해석하였습니다. 이것은 언젠가 선생님께서 말씀하셨던 인생 전체, 올해로 예순이 되신 선생님의 기준에서 육십 년의 인생을 보는 의미이기도 합니다. 각각의 단어들이 십 년을 단위로 대응된다고 보셨지요. '세상에 와서(0~10세), 같아지려 애쓰다가(11~20세), 슬픔을 맛보고(21~30세), 맞서 대들다가(31~40세), 많은 일을 겪고(41~50세), 비단처럼 펼쳐지다(51~60세)'가 그것입니다. 시집의 장을 모두 여섯 개로 나누어 놓으신 것도, 이번 시집이 이전 시집 여섯 권의 자취를 모두 포함하고 있다 하신 것도 모두 이 여섯 글자와 무관하지 않을 것 같습니다.

시집 『래여애반다라』는, 첫 장의 "뜻 없고 서"럽지만 "비린내 하나 없"이 맑은 죽지랑의 못(「죽지랑을 그리는 노래」)과 마지막 장 "어렵고 막막하던 시절" "큰 위안이었"던 한 그루 기파랑의 나무(「기파랑을 기리는 노래」)를 각각 입구와 출구로 하는 건축적 구조 속에, '불가능'이라는 슬픔의 세계를 담담하게 담고 있습니다. 그것은 제목이 말하는 것처럼 '세상에 오면 서러울 수밖에 없다'는, 참으로 은산철벽(銀山鐵壁)처럼 어찌해도 손쓸 도리가 없는, 속절없이 불행한 운명을 뜻합니다. 선생님은 인생 육십 년을 점검한 종합 진단서에, 결론은 '불가능'이라 써서 손에 쥐여주십니다. 끝끝내 막막하고 대책 없더라, 하십니다. 너무나 억울하고 기막히고 서글프고 허망한 나머지, 모든 것을 내려놓을 만한 아프고 애달픈 이야기들인데, 그런데 선생님은 진흙비 속을 날아가는 무명천 한 자락처럼 그 무거운 이야기들을 가볍게 공중에 널어놓으셨습니다. 엉덩이가 늘어난 면바지처럼 편안하게, 바지 종아리에 매달린 도꼬마리 씨앗 하나 털지 않고 걸어오는 선생님의 시들. 목에 걸려 삼키지도 뱉지도 못하는 괴로운 밤송이, 여든두 편의 율극봉(栗棘蓬)이 담긴 시집인데, 십 년 만에 그걸 우리에게 쥐여주는 선생님의 발걸음은 가벼워 자국이 남지 않습니다. 육체가 무색해질 만큼이요.

5. 그러면 그렇다고 말이라도 할 거지, 바보야

고통스런 인생의 '불가능함'에 대한 생각은 산문집 『타오르는 물』(현대문학, 2009)에서 이미, 원인을 찾으려는 시도조차 부질없다고 정리하셨던 것으로 기억합니다("어떤 원인이든 찾으려 하는 순간, 찾으려는 그 의도에 의해 숨어버리고 마는 것", "고통으로부터 탈출을 시도하는 것은 고통의 근원을 알아내려고 하는 것과 마찬가지로 불가능하다." —『타오르는 물』, pp. 16, 37). 인생은 어쩔 수 없이 태어나서부터 고통과 함께 먹고 새끼 치고 죽는 것이라는 당위. 그 벗어날 수 없는 괴로운 생(生) 사(死) 성(性) 식(食)의 기록이 이 시집이라면, 이 시집 전체의 중심에 서 있는 시는 「뚝지」라 할 수 있을 것입니다.

1

울진 앞바다 깊은 바위틈에 바보 물고기 뚝지가 산다 눈도 입도 멍청하게 생긴 수컷이 저만큼 멍청한 암컷의 배를 만지고 쓰다듬고 자꾸 눌러서 희부연 알덩어리가 뭉게뭉게 쏟아지면, 그 위에 수컷은 밀린 오줌 싸듯이 정액을 쏟아 붓는다 엉겁결에 수정이 끝나면 막무가내로 수컷은 암컷을 밀어내고 제 혼자 배를 까뒤집고 끈끈이주걱 같은 지느러미로 흐느적흐느적 산소를 불어 넣어준다 아무것도 먹지 못하고 마시지 못하고 온몸이 쭈그러들어, 쭈그러진 살갗 빼곡히 꼼지락거리는 기생충이 피를 빨아도 떼어낼 생각도 않고, 삼십 일이나 사십 일 斷腸의 세월이 끝나고 올챙이 꼬리 같은 새끼들이 어리광 부리며 헤엄쳐 나오면 그제야 수컷은 깊은 숨 한번 들이킬 여가도 없이 숨을 거둔다 물론 그 전에라도 배출출한 무적의 무법자 대왕문어가 수시로 찾아와 육아에 바쁜 수컷을 끌어안고 가는 것이다

2

때로 수컷 뚝지가 쫓아내도, 쫓아내도 떠나지 않는 암컷 뚝지를 기어코 밀어내는데, 그것이 왜 그렇게 안 떠나려고 버둥거렸는지는, 혼자서 풀이 죽어 떠나가다가 느닷없이 나타난 대왕문어의 밥이 된 다음에야 알 수 있다 갈가리 찢긴 암컷의 아랫도리엔 미처 다 쏟아내지 못한 알들이 무더기로 남아 있었던 것이다 바보야, 그러면 그렇다고 말이라도 할

거지, 바보야

3

또 어느 때는 수컷 뚝지가 눈 껌벅거리며 쉬임 없이 지느러미 놀려 가지런한 알들에게 산소를 불어넣어줄 때, 제 짝을 못 구한 암컷 뚝지가 두리번거리며 찾아와 연애 한번 하자고, 한 번만 하자고 졸라대지만, 수컷은 관심이 없다 아예 쳐다보지도 않는 수컷은 막무가내로 암컷을 밀어내지만, 암컷이 왜 그토록 집요하게 치근덕거렸던가는 그 또한 대왕문어의 밥이 되어 뱃가죽 터지고 사지가 너덜거려야 알 수 있다 아무도, 아무도 애무해주지 않아 쏟아보지도 못한 알들이 무더기무더기 깊은 바다를 떠다니고 있었다

4

뚝지만 잡아먹다가도 영 입맛이 없고 괜시리 성질 더러워지는 날에는 대왕문어 두 마리가 서로를 잡아먹으려고 덤비다가 두 마리 모두 시체가 되어 바다 밑으로 가라앉는다 죽음이 죽음을 잡아먹으려다 죽어버린 것이다

—「뚝지」 전문

제가 동물이 나오는 자연 다큐멘터리를 잘 못 본다는 말씀을 드린 적 있지요. 표범에게 목을 물린 채 축 늘어져 덜렁거리는 새끼 영양의 죽음도 슬프지만, 사냥에 실패한

어미 표범이 홀쭉하고 앙상한 배로 굶주린 새끼들에게 힘없이 돌아가는 모습도 견딜 수 없어서입니다. 건기의 사바나에서 물을 찾아 헤매다 방향을 잘못 잡은 작은 코끼리는 죽어서야 그 고된 행군에서 벗어날 수 있습니다. 거센 눈폭풍에 휩쓸리면서도 쇠재두루미 떼는 기어이 히말라야를 날아 넘어야 합니다. 삶이라는 대명제 아래, 생명 가진 것들의 고된 사연에는 어찌 이리 예외가 없는지요. 다들 유전자에 쓰인 대로 살아갈 뿐인데, 죄 없는 그것들이 겪어야 하는 신산(辛酸)함에 마음이 부대껴, 저는 화면에서 고개를 돌리곤 합니다. 하물며 작은 물고기 뚝지의 삶도 저렇게, 대체 왜 그래야 하는지 알 수 없는 고통으로 가득한 걸요. 인생이 또한 그와 같아서, 뱃가죽 너덜거리고 사지가 찢겨도 우리는 답을 얻지 못합니다. 가해자와 피해자의 구분도 소용없이 먹이사슬 전체가 결국 죽음으로 귀결되는 허망함, "바보야, 그러면 그렇다고 말이라도 할 거지, 바보야"라는 늦은 미안함은 그래서 얼마나 절절하게 아픈지요.

때로 자연 다큐멘터리의 내레이터처럼 선생님의 시는 "서러운 길 위의 웃말"이 되어 차근차근 자리를 옮겨가며 생의 통증을 이야기해줍니다. 새끼 오리의 피 묻은 살점을 뜯어 제 새끼 입에 넣어주는 까치 어미와, 헛되이 새끼들을 찾아 헤매는 오리 어미를 보여주며 "아, 저 엄마는 어

떻게 살까" 탄식합니다. 한편, 살려주려던 손길이었는데
그 손길에 여치는 긴 다리가 떨어지고 결국 죽게 됩니다.
먹고 사는 당연한 행위조차 비극이 되고, 선한 의도의 개
입마저 또 다른 고통과 끄달림이 되는 운명. "시퍼런 강물
이 물어뜯는 북녘 다리처럼 발이 시리"(「노래에 대한 각
서」)고, "철 지난 푸른 후회"(「시창작연습 2」)도 소용없는,
"어지간히 껴안아선/젖지도 않"(「구름」)을, 참 아파도 너
무 아픈 인생입니다.

6. 죽음이 불타버린 꽃

> 겨울에 죽은 목단 나무 가지에서 꽃을 꺾었다 끈적한 씨
> 방이 갈라지고 터져 나온 꽃, 죽은 딸을 흉내 내는 실성한 엄
> 마처럼 꽃 떨어진 자리도 꽃을 닮았다 여름 꽃을 보지 못했
> 어도 우리는 겨울 꽃이 될 수 있다 희부옇게 타다 만 배꼽 같
> 은 꽃, 제사상에 올리는 문어 다리 꽃, 철사로 동여매도 아
> 프지는 않을 거다 그 꽃잎 마른 번데기처럼 딱딱하고, 눈비
> 가 씻어간 고름 자국 찾을 수 없다, 죽음이 불타버린 꽃
> ——「죽음에 대한 각서」 전문

어찌 이렇게 무거운 이야기를 바람처럼 담담하게 들려
줄까 생각했던 시들이 뒤로 갈수록 겹겹이 무게를 더하더
니, 마지막 여섯번째 장에서는 끝내 가까운 이들의 죽음과
막막한 서러움이라는 하중으로 우리를 눌러옵니다(「오다,
서럽더라」 1~4, 「來如哀反多羅」 1~9). 가볍게 들어가 무

겹게 나오도록 배치된 이 세계의 출구 밖에 서서 우리는 평생을 아파한 시인의 허무와 절망을 읽어냅니다. 뼈와 거죽이 따로 덜그럭거리는 참으로 깊은 괴로움을 얻었는데, 이상하지요, 그 괴로움 앞에 미소가 지어집니다. 그것은 진실 앞에 섰을 때 인간이 가지게 되는 투명한 기쁨의 미소입니다. 고통이 극심할수록 오히려 더욱 명징해지는 정신의 깨달음. 너도 괴롭구나, 나도 그래, 너도 어쩔 수 없구나, 나도 그래 ― '세상 어떤 존재도 벗어날 수 없는 괴로움'이라는 진실 앞에 선 공감과 위안의 미소입니다. 슬픔과 절망이 만들어내는 아름다움을 우리는 조금은 알아버린 것입니다. 부정적이지만 받아들일 수밖에 없는 진실에 닿은 쾌감. 아름다움 말입니다.

언젠가 새로 완성한 제 조각을 보시고 선생님은 그렇게 말씀하셨지요. 이미 깊은 상처이기 때문에 더는 상처가 겹쳐도 별 의미가 없는 단계가 되었으니, 이제 이 나무 아이들은 세상이 그들에게 어찌해도 좀처럼 울지 않을 것 같다고요.

다들 그렇게 살아가고 있는 것 같습니다. 우리는 이제 "철사로 동여매도 아프지는 않을 〔……〕 죽음이 불타버린 꽃"이 될 것입니다.

7. 애쓰는 것들, 끝내 날개를 얻다

다시, 검은 목련 가득한 마을 정류장에 시인과 함께 앉아 있습니다. 먼 과거 속 흙을 나르던 고된 여인네처럼 살아온 우리가 이렇게, 한 손으로는 거의 부처가 되어버린 시인의 옷자락을 살짝 붙잡고, 무릎 옆에는 동강난 여치 무릎 하나 놓고 앉아 조용히 쉬고 있습니다. 저편으로 가는 우리들의 버스는 아직 오지 않았지만, 십 년 만의 시인의 시는 우리에게 '왔고, 서럽습니다.' 그리고 부우우우 진동을 울리며 우리를 깨웁니다.

처음에 '래여애반다라'라는 제목을 생각하며 시를 읽기 시작할 때는 제가 나르는 흙이, 이 무거운 노동이 부처가 되는 거라고 생각했었습니다. 그러나 시를 다 읽고 난 지금은 부처가 되건 빗물에 쓸려 진흙탕이 되건 상관없다는 생각이 듭니다. 무엇이건 아무래도 괜찮습니다. 그냥, 세상에 왔고, 서러운데, 벗어날 수 없는 서러움과 절망을 가진 우리가, 이렇게 함께 모여 시를 읽습니다.

그런데 선생님, 이 절망이 오히려 위안이구나, 말해도 될까요. '있는' 것을 찾아 헤매는 것이 아니라 '없다'는 걸 알아버린 데서 느끼는 위안이라 말해도 될까요. 버둥거리며 평생 애쓰다 결국 저승 앞길 버스 정류장에 앉아 있는 우리의 마음은, 괜찮아, 라며 고개를 끄덕이고 있습니다. "생쥐같이 노란 어떤 것이 숙변의 뱃속에서 횟배를 앓게" 하는 것이 생(生)일지라도, "여러 날 굶은 생쥐가 미끄러운 쨈밥통 속에서 엉덩방아 찧다가 끝내 날개를 얻었다"(「생에 대한 각서」) 말하고 싶습니다. 내내 실성해 울다가 웃다가 했던 생인데, 그럼에도 불구하고 우리의 생은, 견고한 울타리를 탈출해 야산을 점령한 토끼 일가처럼, 그리고, 들이닥친 해일을 타고 모두 바다로 돌아간 횟집 수족관의 도다리들처럼(「북지장사 느티나무식당 2」), 장하고 당당하고 기특합니다. 그리하여 이 한 생 다하면, 진도에서 상여가 나갈 때처럼 춤을 추며, '애썼다, 애썼다', 도닥여 보내주고 싶은 마음인 것입니다.

이제 우리는 일어나 걸어갑니다. 바람은 그냥 불어오라고 놓아둔 채 손 꼭 잡고 저녁을 건너가는 우리에게(「來如哀反多羅 7」) 어떻든 봄은 또 올 것입니다(「來如哀反多羅 9」). 위로가 됩니다. 선생님 말씀처럼 부정적인 것만이 결국 힘 있는 아름다움을 만들어내니까요. 결국 우리는 '비단처럼 펼쳐'질 것이니까요.

8. 무사하지 않으셔서 고맙습니다

어느 1월, 인사를 드리면서 덕담이 절실하다고 했더니 선생님은 덕담이 다 무슨 소용이냐며 웃으셨던 것을 기억합니다.

다시 새해입니다. 큰 바퀴 하나를 돌아 다시 맞는 새해에 선생님은, 덕담은 주지 않으시지만 귀신 들린 시를 주셨습니다. 무사하지 않으셔서 고맙습니다. ▨